THÉATRE

DE

MARION DU MERSAN.

THÉATRE

DE

MARION DU MERSAN.

SEUL ET EN SOCIÉTÉ

AVEC

MM. Aubertin, Bosquier, Bouilly, Brazier, Brunswick, Carmouche, Céran,
Chazet, de Courcy, Dartois, Debugny, Desforges, Désaugiers, Dupeuty,
Dupin, G. Duval, Francis, Gabriel, Henrion, Honoré, Jaime, Lafontaine,
Martainville, Mélesville, Merle, Moreau, Nézel, J. Pain, Pixérécourt,
Poirson, Ponet, Rochefort, de Rougemont, Rousseau, Scribe, Servières,
Sewrin, Simonnin, Théaulon, Vieillard.

Suum cuique.

TOME

COLLECTION,

ACCOMPAGNÉE DE NOTES AUTOGRAPHES,
POUR LA BIBLIOTHÈQUE ROYALE.

PARIS, 1837,

LES COCHERS,

TABLEAU GRIVOIS,

MELÉ DE VAUDEVILLES,

EN UN ACTE,

Par MM. DUMERSAN, GABRIEL et BRAZIER,

REPRÉSENTÉ POUR LA PREMIÈRE FOIS, A PARIS, SUR LE
THÉATRE DES VARIÉTÉS, LE 10 OCTOBRE 1825.

> Qu'est-ce qui est le plus utile à la société,
> D'un fiacre ou d'un carosse ?
> C'est un cabriolet !

SECONDE ÉDITION.

Prix : 1 Fr. 50 Cent.

PARIS,

Chez J.-N. BARBA, ÉDITEUR,

PROPRIÉTAIRE DES ŒUVRES DE MM. PIGAULT-LEBRUN, PICARD
ET ALEX. DUVAL,

COUR DES FONTAINES N°. 7 ;

Et au grand Magasin de Pièces de Théâtre, Palais-Royal,
Galerie derrière le Théâtre Français.

1826.

PERSONNAGES.	ACTEURS.
SAINT-JEAN, cocher bourgeois.	M. CAZOT.
GALOCHE, cocher de fiacre.	M. LEFEBVRE.
LEVAILLANT, cocher de coucou.	M. ODRY.
AUGUSTE, cocher de cabriolet.	M. VERNET.
JOHN, cocher anglais.	M. BIGNON.
CHONCHETTE, servante de cabaret.	Mlle FLORE.
CRIQUET, garçon marchand de vins, amant de Chonchette.	M. ARNAL.
JUSTINE, femme-de-chambre.	Mlle MARIA.
NICOLAS, petit ânier.	Le petit LEOPOLD.
UN CAPORAL DE LA LIGNE, commandant deux hommes de service.	M. GEORGES.
BOURGEOIS ET SON ÉPOUSE.	M. BOUGNOL, Mlle SOPHIE.
UN AUTRE BOURGEOIS.	M. BEGAT.

Habitans de Paris.

Villageois des deux sexes.

La scène se passe à Menil-Montant, près la barrière.

NOTA. S'adresser pour la musique exacté de cette pièce, directement à M. SIMONNET, rue Montmartre, n. 159.

IMPRIMERIE DE A. CONIAM,
Rue du Faubourg Montmartre, N. 4.

LES COCHERS,

TABLEAU GRIVOIS, MÊLÉ DE VAUDEVILLES.

Le théâtre représente la salle d'un cabaret donnant sur la route de Menil-montant: le fond est ouvert de façon à laisser voir des vignes dans le lointain. Il y a dans la salle un comptoir de marchand de vins, des tables, des bancs, des chaises, et près de la porte d'entrée, la rampe de l'escalier qui mène à la cave.

SCÈNE PREMIÈRE.

CRIQUET, *au lever du rideau, il sort de la cave, un bougeoir à la main.*

(*Appelant.*) Nicolas! Nicolas!.... voyez s'il répondra?.. ce petit mioche-là, parce qu'il commence à mener des ânes, il ne fait plus attention à moi.....Je ne peux plus en rien faire... il est plus têtu que le bouriquet qu'il conduit (*Il appele de nouveau.*) Nicolas!.... faut pourtant qu'il aille aux vignes... Nicolas !

SCÈNE II.

CRIQUET, NICOLAS, *en cotte d'anier, un petit chapeau de grosse paille, et un fouet à la main.*

NICOLAS.

Eh! bien, me v'là... Quoi qu'il a donc à tant crier, c't'autre?

CRIQUET, *d'un ton fâché.*

Qu'appeles-tu, c't'autre? est-ce que tu me prends pour les bêtes que tu mènes?... Vrai, l'enfance de Ménil-Montant est trop précoce... Vous me direz: le climat est si beau!... Ça n'est pas plus haut qu'un chou, et ça vous a déjà une tête....

NICOLAS.

Pourquoi que tu m'appelles?

CRIQUET.

Pour que t'ailles mener l'âne au bourgeois dans la vigne qui est en haut de Ménil-Montant, afin qu'il ramène une charge de raisin.

NICOLAS.

J'vas y aller.... Oh! j'vas t'y eu manger du raisin!

CRIQUET.

Ça n'est pas sûr.

NICOLAS.

Si, c'est sûr.

CRIQUET.

Dis donc, si tu vois Chonchette, envoie-moi la.... Quand elle n'est pas ici, et qu'on demande une bouteille, je suis comme une cruche... Je l'aime tant cette grosse Chonchette!... tu ne sais pas ce que c'est que l'amour, toi?... tu es l'heureux! (*Il soupire.*)

NICOLAS, *riant.*

Ah! l'amour, encore une fière bêtise! est-ce que je sais ça moi.

CRIQUET.

Tu le sauras un jour!... mais mouche toi.

NICOLAS *passe la manche de sa veste dessous son nez.*
J'peux t'y partir, Criquet.

CRIQUET.

Oui, oui, va.

Air : *Tenez moi je suis un bon homme.*

Dis au bourgeois que je suis digne,
De la confianc' qu'il place en moi;
Qu'il peut ne pas quitter la vigne,
Vû que je tiens bien mon emploi.
Dis-lui, qu' les bouteill's, les barriques,
N' sont pas en vidang', dieu merci...
Et que je fais l' vin des pratiques,
Tout comme s'il était ici.   (*bis.*)

NICOLAS, *s'en allant.*
'est bon; je vas chercher l'âne... Criquet.

CRIQUET.

Bien!... et sur-tout n'oublie pas de m'envoyer Chonchette entends-tu, Nicolas?...

NICOLAS, *passant sa tête à travers une fenêtre,*
Hein?

CRIQUET.

Chonchette! Chonchette! (*Nicolas disparaît.*)

SCÈNE III.

CRIQUET *seul.*

Il est temps qu'ça finisse... j'en suis... j'en suis ce qu'on appelle coëffé,... il faut qu'elle soit ma femme. Not'cabaret est le rendez-vous des cochers qui passent la barrière, et tous ces cochers là me trottent dans la tête... y font claquer leur fouet, au vis-à-vis de mamzelle Chonchette, et tant qu'elle aura la bride sur le cou, je ne serai pas tranquille; si ça dure, j'en deviendrai tout-à-fait imbécille... Vous me direz la beauté de l'objet aimé justifie la bêtise de l'objet aimant!... c'est qu'il n'y a pas deux Chonchettes à Ménil-Montant; non, il n'y en a pas deux..., et s'il y en deux, il n'y en a pas trois...

Air : *Turlurette.*

Quelle est la bell' du canton,
Qui fait pâlir Margoton ;
Babet, Cath'rine et Fanchette?
   C'est Chonchette,
   C'est Chonchette,
C'est mamzell' Chonchette. (*bis.*)

Quelle est la fill' du pays,
Qui reçoit dans notre logis,
Le plus d' pour boire en cachette?
   C'est Chonchette,
   C'est Chonchette,
C'est mamzell' Chonchette. (*bis.*)

Mais je l'entends,... quand on parle de la lune, on en aperçoit les rayons... Je dis la lune, à cause de son visage.

SCÈNE IV.

CRIQUET, CRONCHETTE. *Elle arrive avec deux brocs vides.*

CHONCHETTE.

Ouf! me v'là enfin.

CRIQUET.

D'où c'que vous devenez donc, Chonchette?

CHONCHETTE.

Je deviens de chez la danseuse de l'Opéra qui loge ici en face... Je l'ai vue...

CRIQUET.

Vous l'avez vue ?

CHONCHETTE.

Oui, je l'ai vue... alle était en train de prendre sa leçon avec un tout petit monsieur, qui avait un tout petit violon... (*Elle imite grotesquement les poses d'une danseuse.*) elle faisait comme ça, et puis comme ça.... Il paraît qu'elle aura de la société, car elle m'a dit de dire au bourgeois de lui envoyer trente bouteilles cachetées en jaune.

CRIQUET.

Ah! c'est qu'à reçoit sûrement aujourd'hui ce gros milord anglais qui va chez elle tous les jours..., il a une fameuse piff ce goddem-là.

CHONCHETTE *riant.*

Et son cocher... ah! ah! ah! quel boull-dogue!.. je crois qu'on débitera du vin aujourd'hui, car, lorsque les maîtres vont chez elle, les domestiques venont ici.... je leur servirons le vin doux que not' maître a mis hier en bouteilles.

CRIQUET.

C'est ça, du nanan; du vin de Ménil-Montant!

Air : *Vaud de l'Ecu de six francs.*

Vraiment c'est un' liqueur bien douce,
Not' vin trouv' bien des amateurs,
Dans la bouteille comme il mousse,
Et comme il vous gris' nos buveurs. (*bis.*)
CHONCHETTE.
Nous allons faire un' bonn' campagne,
Il est déjà tout pétillant.
L'an prochain à Menil-Montant,
On f'ra p't'être du vin d' Champagne. (*bis.*)

CRIQUET.

Ah! çà, mamzelle Chonchette, quand donc que nous vendrons du vin pour not' compte?

CHONCHETTE.

Oh! dame, faudra voir.

CRIQUET.

Faudra voir?... c'est tout vu : je vous aime.

CHONCHETTE.

Oui;... mais vous n'êtes pas le seul qui me parle.

CRIQUET, *surpris.*

Comment?

CHONCHETTE.

Bé dame! M. Galoche, le cocher de fiacre, dit qu'il est

veuf, M. Auguste, le cocher de cabriolet, est ben gentil!
et M. Levaillant, qui a deux voitures sur la route de Ménil-
Montant, dit que si je l'épousais, je mènerions le coucou.

CRIQUET, *comme suffoqué.*

Comment, Chonchette, est-ce que vous seriez une coquette!

CHONCHETTE, *fâchée.*

Quoi! qu'c'est que ça... v'là que vous m'dites des sot-
tises, à présent.

Air : *A l'âge heureux de quatorze ans.*

Apprenez donc, monsieur Criquet,
Que vous m' jugez sans me connaître;
Je suis t'un' fill' de cabaret,
Je fais tout ce que m' dit mon maître!
L' matin, j'ourle mes tabliers,
J' lav' ma vaisselle en fille honnête;
L' soir je récur' mes chandeliers,
Et je n' suis pas une coquette!

CRIQUET.

Cependant, si vot'oncle Boulleau vous envoie les quatre
feuillettes de Bourgogne qu'il vous a promis à c'tte vendange, nous pourrons nous établir, parce qu'avec quatre
feuillettes, nous en ferions une douzaine, et ça marcherait.

CHONCHETTE.

C'est ce qu'ils me disent tous. (*Chonchette remonte la
scène.*)

CRIQUET, *l'arrêtant.*

Mais écoutez donc.

CHONCHETTE.

Non, non, vous m'amusez là, ça m'ennuie!... faut que
je rince mes verres, et que je mette des nappes à mes tables... il y aura du monde à Ménil-Montant... Les parisiens vont venir en vendange chez leux laitières.

CRIQUET, *riant.*

Ah! c'est vrai; les Parisiens ils disent toujours qu'ils vont
en vendange chez leux laitières.

SCÈNE V.

Les mêmes, SAINT-JEAN, *en grande livrée, à la dernière
mode.*

SAINT-JEAN, *un peu aviné.*

Oh! là! hé!... Criquet! Chonchette! au comptoir, une
bouteille.

CRIQUET.

A combien, monsieur Saint-Jean?

SAINT-JEAN.

Du meilleur; ça passera sur le compte de madame.

CRIQUET.

Vous v'là joliment galonné, aujourd'hui.

SAINT-JEAN.

C'est une nouvelle livrée que madame vient de se donner;... grâce à elle, au spectacle; nous ne prenons plus la queue, et j'espère bien qu'à Long-Champ nous occuperons le milieu du pavé.

CRIQUET.

Vous avez déjà l'air un peu dans le train, monsieur Saint-Jean.

SAINT-JEAN.

J'ai déjeûné avec trois cochers de mes amis.

CRIQUET.

Vous allez bien!

SAINT-JEAN.

Comme un cocher de grande maison.

Air: *de Lantara.* (Ah! que de chagrins.)

Entre deux eaux, dans la rivière,
On peut rencontrer le trépas;
Entre deux draps, la nuit entière,
Bien souvent nous ne dormons pas.
Entre deux airs, par fois on gagne un rhume.
Pour éloigner ces maux certains,
Moi, j'ai, mon cher, contracté la coutume,
D'être toujours entre deux vins. (*bis.*)

CRIQUET.

En ce cas, je vais à la cave en chercher un panier. (*Il descend à la cave.*

SCÈNE VI.

SAINT-JEAN, CHONCHETTE, *occupée à mettre les nappes sur les tables.*

SAINT-JEAN, *apercevant Chonchette.*

Ce garçon-là est plein d'intelligence; il s'en va quand j'arrive. Bonjour, Chonchette.

(*Il va pour l'embrasser.*)

CHONCHETTE, *le repoussant.*

Ah! monsieur Saint-Jean, à bas les mains, ou je cogne.

SAINT-JEAN.

Tu cognes!

CHONCHETTE.

Oui, et ferme... dites donc, vous? et mamzelle Justine; vous...

SAINT-JEAN.

Bah! bah! Justine; c'est pour rire.

CHONCHETTE.

Eh bien! allez rire avec elle.

SAINT-JEAN.

Ingrate!... l'autre soir, j'ai manqué de me tuer pour toi.

CHONCHETTE.

Tiens, c'est farce... comment donc ça?

SAINT-JEAN.

J'étais au Théâtre-Français, parce que M. Talma jouait... entre les deux pièces, ne voilà-t-il pas que je m'endors... je rêve que je voulais t'embrasser... tu me résistes, j'insiste, tu repersistes, je tiens bon, et en me retournant, je tombe sur le pavé...

CHONCHETTE, *riant.*

Ah! ah! ah! ah! vous n'étiez donc pas dans la salle du spectacle?

SAINT-JEAN.

Non; j'étais à la porte, sur mon siége, à la tête de la queue... Ah! cette bonne Chonchette, quelle mine elle vous a! (*Il veut l'embrasser.*)

CHONCHETTE, *s'éloignant de lui.*

Finissez donc, M. Saint-Jean.. (*Apercevant Justine.*) Tenez, la v'là, vot' Justine,... Mam'selle Justine, v'là vot' p'tit Saint-Jean. (*elle sort.*)

SCÈNE VII.

SAINT-JEAN, JUSTINE. *Elle arrive vivement.*

JUSTINE, *d'un ton fâché.*

Fort bien, M. Saint-Jean!... C'est donc au cabaret qu'il faut venir vous chercher?..... Fi! que c'est mauvais genre,.... Vous, le cocher d'une dame de l'opéra, vous ne vous respectez pas; et cependant vous allez de pair avec les cochers des plus grandes maisons.

Les Cochers   **2**

SAINT-JEAN.

Voyons, mon ange, où voulez-vous en venir?

JUSTINE.

A vous dire que si vous continuez, vous perdrez votre place, et alors ne comptez plus sur moi.

SAINT-JEAN.

Je perdrai ma place? Oh! que non... où madame trouverait-elle un cocher comme moi?... A la promenade des Champs-Elisées, quand nous voyons une modeste berline, ai-je jamais manqué de la couper?... me suis-je jamais laissé passer au bois de Boulogne par le carosse d'un ambassadeur?...

JUSTINE.

Je ne dis pas, vous avez de grandes qualités, mais vous avez bien des défauts: vous jouez, vous buvez et vous jurez comme un fiacre!...

SAINT-JEAN.

Eh donc!... quelle comparaison!... Je jure, c'est vrai, mais dans le bon genre!... les défauts que vous me reprochez sont ceux des gens comme il faut... la seule différence qu'il y ait, c'est que les maîtres jouent dans le salon et nous dans l'antichambre; qu'ils boivent chez le traiteur, et nous au cabaret; qu'ils jurent devant le monde, et moi en parlant à mes chevaux; ils ont les vices de leur état, et j'ai les qualités du mien...

JUSTINE.

Vous avez toujours raison... Oh! çà, je vous préviens d'une chose, c'est que [illegible] cocher anglais ou milord de ma- [illegible] faites la cour très-sérieuse- [illegible] la v'là, vot' Justine, [illegible]

Les Anglais font la cour aux femmes très-sérieuse-
ment.

SCÈNE VII.

Il me dit des choses très-tendres.

SAINT-JEAN, JUSTINE. Elle arrive vivement.

Que vous n'entendez pas, il ne sait pas un mot de fran-
çais... Pour bien, M. Saint-Jean. C'est donc au cabaret qu'il faut venir vous chercher!... Eh! que c'est mauvais genre!... il [illegible] je sais assez d'Anglais pour le comprendre, et quand il [illegible] dit Goddem, en m'envoyant un baiser avec les quatre doigts et le pouce, j'entends bien qu'il me trouve jolie... ensuite lorsqu'il dit *ay love you!* en me montrant une bourse pleine

de guinées, je comprends à merveille qu'il amasse ses ga-
ges et qu'il m'offre ses économies pour nous mettre en
ménage... Il ne faut pas s'encanailler... Je bois quelquefois

SAINT-JEAN.

Et vous auriez assez peu d'esprit national pour épouser un
Anglais, parce qu'il est riche, et que je ne le suis pas? Fi!
mademoiselle Justine.

JUSTINE.

Cependant...

SAINT-JEAN.

Air : ...

Mais songez donc qu'il sera jaloux... et que je ne le
serai pas moi.

JUSTINE.

Vous ne le serez pas; c'est encore une question.

SAINT-JEAN.

Air : Jadis et aujourd'hui.

Considérez quel avantage
Vous trouverez en m'épousant;
Songez qu'après le mariage,
Vous serez libre comme avant.
Les maris de beaucoup d'actrices,
Sont au théâtre bien souvent;
Moi, j'n'irai pas dans les coulisses...
Ah! vous êtes un bon enfant. *(bis.)*

Je retourne près de madame; j'espère que vous ne reste-
rez pas ici toute la journée?

SAINT-JEAN.

Je vous suis.

(Justine sort.)

SCÈNE VIII.

SAINT-JEAN, CRIQUET, *remontant de la cave avec
un panier de dîner...*

CRIQUET.

Tenez, v'là du s'rop de groseilles...., aussi bien j'viens
d'voir le père Galoche qui descendait quelqu'un à la barrière,
il va venir vous tenir compagnie.

SAINT-JEAN.

Qu'est-ce que c'est que ton père Galoche?

CRIQUET.

Le père Galoche, c'est le doyen des cochers de fiacre du
faubourg...

SAINT-JEAN.

Allons donc ; je ne trinque qu'avec les cochers bourgeois,
il ne faut pas s'encanailler ... Je bois quelquefois avec un
cocher de remise, mais un cocher de fiacre, je lui coupe le
pavé, je passe devant lui, et je ne le regarde que quand je
ne peux plus le voir...

CRIQUET.

Pourquoi donc ?

Air : *Eh! ma mère est-ce que je sais ça.*

Vous avez l'âme bien fière,
Faut respecter tous les rangs ;
Moi, je pens' que sur la terre,
Les p'tits ont besoin des grands.
Il n' faut mépriser personne,
Car, ici, je vous le dis :
Quand l' bonheur les abandonne,
Les grands ont besoin des p'tits. (*bis.*)

SAINT-JEAN, *passant devant Criquet qu'il repousse.*
Débouche une bouteille et tais-toi.

(*Il va s'asseoir.*)

LE PÈRE GALOCHE, *dans la coulisse.*
Haï!... Criquet!... du vin, et qu'il soit frais!
SAINT-JEAN, *à Criquet.*
Ne le mets pas à ma table?

SCÈNE IX.

Les mêmes, GALOCHE, *costumé comme dans la caricature*
de Géricault.

GALOCHE, *à la porte de la salle, parlant à ses chevaux.*

Là! là! Vigoureux! Hé! Blanc Blanc, que je te voye
taquiner le Cosaque..... (*En entrant.*) On irait bien loin pour
trouver des bêtes comme ça... Salut, la compagnie.
CRIQUET,
Bonjour, père Galoche, vous faut-il une chopine?
GALOCHE,
Non ; je n'ai qu'un pour boire de deux sous..... tire un
canon, et n'fais pas de bruit.... Queu drôle d'homme que je
viens de descendre... il me prend en tête dans la rue de Ri-
chelieu. A la barrière de Ménil-Montant, qui m'dit ; il y a
un écu pour toi, si tu arrives en vingt minutes ; j'fais deux

nœuds d'plus à mon fouet et nous partons..... J'arrive, que la demi-heure venait de sonner....; c'est pas de ma faute, j'ai été accroché en route, rue Sainte-Apoline, par deux voitures de nourrices.

SAINT-JEAN, *riant en buvant.*

Ah! ah! ah! ah!

GALOCHE.

Qu'est-ce que vous avez à rire? Y m'a payé ma course, c't homme.

SAINT-JEAN, *de même.*

Ah! ah! ah! ah!

GALOCHE, *allant vers Saint-Jean.*

Dites donc, dites donc, cocher bourgeois, vous avez un rire *charbonique*.... Est-ce que vous voudriez me faire aller?

SAINT-JEAN, *d'un air goguenard.*

Te faire aller? Ça serait difficile!

GALOCHE.

C'est que voyez-vous, un homme comme moi vaut un homme comme vous.

SAINT-JEAN, *de même.*

Va donc voir si les bêtes ne prennent pas le mors aux dents.

GALOCHE.

Soyez paisible, mes deux bêtes rendent tous les jours plus de service que les vôtres, cocher bourgeois.... Savez-vous ce que nous avons déjà fait aujourd'hui?

Air : *du Carnaval de Béranger.*

Je suis parti de la barrièr' du Maine,
Et j'ai conduit un huissier au Chât'let,
Un marchand d' vin dans la ru' de Surenne,
Ru' de la clef un petit freluquet,
Deux jeun's amans m'ont fait fair' un' bonn' course ;
En les quittant j'ai mené tout d'un trait ;
Un gros avoué dans le quartier d' la bourse,
Et deux plaideurs dans la ru' vid' gousset, (*bis.*)

Je suis connu dans tout Paris, et utile à la société.

SAINT JEAN.

Je le suis plus que toi.

GALOCHE.

Si y avait tant seulement là quequ'z'un pour décider la chose.....

SCÈNE X.

Les précédens; AUGUSTE; *il a la livrée des cochers de ca-*
briolets de places ; il a une rose à la bouche , et son fouet à
la main.

AUGUSTE, *sans voir Galoche.*

Bonjour Criquet. Où est Chonchette?

CRIQUET, *avec humeur.*

All' va venir ; je vous servirai aussi bien qu'elle.

GALOCHE, *à Auguste.*

Ah ! je ne te voyais pas, l'ancien.

Quand tu es arrivé ; nous étions avec le cocher bourgeois
qui a été à décider une chose : tu vas nous dire ça, toi. Qu'est-
ce qui est plus utile à la société d'un fiacre ou d'un carrosse ?

AUGUSTE, *après un moment de silence.*

C'est un cabriolet.

CRIQUET.

Ah ! ah ! c'est joliment répondre tout d'même.

AUGUSTE.

Oui, la voiture la plus utile à la société, c'est un cabriolet ; et je n'aurai pas de peine à le prouver. Le bourgeois
que je viens de conduire allait rejoindre une société ; il m'a
fait brûler le pavé pour arriver. J'ai renversé un tonneau à
bras , sur la chaussée du boulevard ; j'ai accroché deux laitières à l'entrée du faubourg , et , si je n'avais pas crié : Gare !
gare donc, je faisais descendre deux ou trois flâneurs qui vou-
laient quitter les trottoirs, et tout ça pour aller plus vite ; si
vous n'appelez pas ça être utile à la société...

GALOCHE.

AUGUSTE.

Je suis connu dans tout Paris , et je ne sais ça que la société.

GALOCHE.

Je suis ton ancien , j'ai de l'expérience ; je sais qu'il faut
des cabriolets , je ne veux pas les réformer ; mais les fiacres
les enfoncent.

qui fait. Voyez sur les [illegible] Groseilles , Saint-Denis ;
[illegible] (A Saint-Jean.) [illegible]
[illegible] cacher bourgeois [illegible] (On entend chanter en
dehors.) Tenez [illegible] justement . Le Vaillant , ce n'est qu'un
cocher de coucou , mais il a du raisonnement , et s'il dit oui ,
c'est que ça sera oui .

Air : d'Agnès-Sorel.

SCÈNE XII.

*Les mêmes, LE VAILLANT [illegible] Jocko
et un pantalon de hussard, il a son fouet à la main, et entre en
chantant.*

LE VAILLANT.

On vient d' [illegible] ,
[illegible]
[illegible]
Qui s'habille à la Jocko. (bis.)

A propos, père Galoche, n'avez pas encore la nou-
Dis donc, Le Vaillant, [illegible] utilité , [illegible]
être de la consommation sans le savoir. . . (à Galoche.)
[illegible] (à Jocko.) [illegible] y a quelqu'un ici
qui soutient que les voitures à quatre roues l'emportent sur
celles à deux , et que les carrosses et les fiacres enfoncent
les cabriolets [illegible]

LE VAILLANT, *menaçant Croquet.*

Qu'est-ce qui dit ça ?

GALOCHE.

Moi.

LE VAILLANT, *se retournant.*

C'est risqué [illegible] vous avez l'air [illegible] vieux ; vous
me faites l'effet d'être un peu rouillé. . . Vous me direz :
quand on est sept ou huit , un fiacre est plus commode ; mais
aussi , quand on est un seul qu'on veut arriver pour
manger la soupe , il n'y a qu'un cabriolet. . . Si je ne vous
parle pas des coucous , c'est que je les mets hors ligne !

SAINT-JEAN, à *part.*

Où l'amour-propre va-t-il se nicher ?

GALOCHE.

Les coucous ?

LE VAILLANT.

Oui ! les coucous !. . . demandez à tout le monde. . . Les
coucous jouissent d'une grande considération. . . par le temps

qui fait. Voyez sur les routes de Versailles, Saint-Denis, Saint-Cloud, qu'est-ce que vous rencontrez?... des coucous ; sans aller plus loin, dans Paris et les faubourgs?.. des coucous... l'été comme l'hyver, le beau temps comme la pluie, tout leur va, et, s'ils ne prennent pas souvent le galop , c'est qu'on arrive quelquefois plus vîte en allant au pas.

Air : *d'Agnès-Sorel.*

D' pis qu'on invente un tas d' nouvell's voitures ,\
J' sais les horreurs que l'on dit des coucous ;\
Pour les tuer on leur dit des injures ,\
Et dans le monde on les appell' cass'cous. (*bis.*)\
Mais en dépit d' la vengeance et d' la haîne ,\
Des beaux caross's, des beaux cabriolets ;\
Les pauv's coucous auront ben de la peine ,\
Mais les coucous ne périront jamais (*2 fois.*)

GALOCHE.

Eh bien ! est-ce que tu crois que les fiacres périront ?... la preuve que non , c'est qu'on les a enrégimentés.

AUGUSTE.

A propos, père Galoche, vous n'avez pas encore la nouvelle uniforme? j'ai la mienne, moi.

SAINT-JEAN.

Ils appellent ça un uniforme, ça n'est pas seulement une livrée.

GALOCHE.

Non, je n'ai pas la nouvelle uniforme, mais ça n'empêche pas que je défends ma voiture.

Air : *Le Luth galant.*

Quoique du fiacre on médis' tous les jours,\
Il n'est pas moins le caross' des amours,\
Afin de promener l'objet que l'on adore ,\
On y montait jadis et l'on y monte encore ,\
On y mont'ra toujours. (*bis.*)

AUGUSTE.

Demandez aux gens d'affaires et aux courtiers de commerce quelles voitures y prennent ?

Air : *de Julie.*

Chacun de nous a sa besogne ,\
Je n' dis pas d' mal de ton sapin ;\
J' sais ben qu' tu roul's au bois de Boulogne\
L' courtier maron du faubourg Saint-Martin ;\
Mais le lend'main, dès qu'il s'éveille ,

L' malin songeant à l'intérêt,
Rattrap' dans mon cabriolet,
C' que ton fiacr' lui coûta la veille. *(bis.)*

GALOCHE.

Laisse-nous donc tranquille avec ta rosse.

LE VAILLANT, *à Galoche.*

Tés bien fier, parce que ta en as deux !

AUGUSTE.

Vos trois chevaux ne valent pas les quatre fers du mien.

GALOCHE, *menaçant Auguste.*

Qué qui t'a dit ça, gamin ?... j' te vas prendre la mesure
des reins avec ma demi-aune de fouet.

AUGUSTE, *d'un air goguenard.*

Ah ! bah ! il n'y a pas mèche.

LE VAILLANT, *se mettant entre eux.*

Eh ! les amis ! s'il y a une explication à coups de poings,
j'en suis.   (*il retient Galoche.*)

AUGUSTE.

Laisse-le donc venir, je n' crains pas les coups de Galoche.

CRIQUET, *accourant.*

Eh ! les cochers ! payez avant de vous battre, et sortez
dehors, parce que je réponds de la casse.

GALOCHE.

Tiens, tu vas juger ça, Criquet.

CRIQUET.

Non, non, je ne m'y connais pas ; mais je vois arriver
monsieur *Jaune*, le cocher du Milord anglais ; il doit s'y connaître, parlez-y.

SCÈNE XII.

LES MÊMES, JOHN, *costumé à l'anglaise ; livrée jaune,
petite perruque en laine, chapeau à trois becs.*

JOHN, *appelant en entrant.*

Hé ! tavern' ! win !

GALOCHE, *allant au-devant de lui.*

Excusez, cocher Anglais, voulez-vous juger un différent
qui s'élève entre nous ?

JOHN, *les regardant tous avec surprise.*

Y dont' un derstandt !

GALOCHE.

Y dit qu'il veut bien.

Les Cochers.   3

AUGUSTE, *allant près de John.*

(*A Galoche.*) Est-ce que tu entends l'Anglais... pardon, cocher Anglais ; ma voiture se trouve être à un cheval... je suis jeune homme... je...

JOHN, *l'interrompant.*

Y dont' un derstandt!

AUGUSTE.

Y dit que j'ai raison.

LE VAILLANT.

A mon tour... cocher Anglais... (*à part*) Ah! quelle balle il a, et quel drôle de chapeau, trois becs, comme une lampe de charcutier. (*haut.*) Cocher Anglais... Connaissez-vous les coucous? (*à part.*) A-t-il l'air bête. (*haut.*) Je me trouve en tête d'une place... vient une société... on m'offre trois francs... moi ancien soldat du train, je dis : j' marche, mais je ne marche pas, parce qu'un lapin, cocher Anglais...

JOHN.

Y dont' un derstandt!

LE VAILLANT.

Là!... tu vois ben, y me donne raison!

GALOCHE, *se fâchant.*

Ah ça! il donne donc raison à tout le monde, ce goddem-là?

LES TROIS COCHERS DE PLACE, *bousculant John.*

Veux-tu parler et t'expliquer!

JOHN, *se reculant en arrière, prend la pose d'un boxeur.*

Goddem!... box! box!

SAINT-JEAN, *se levant de table.*

Hé! messieurs, voulez-vous bien laisser cet homme qui ne vous dit rien.

LES AUTRES COCHERS.

Qu'est-ce que ça vous fait, à toi.

SAINT-JEAN, *emmenant John à sa table.*

Venez avec moi, M. John, nous ne devons pas frayer avec des cochers de place.

LES TROIS COCHERS, *levant leurs fouets.*

Hé! hé!

Saint-Jean entraîne John.

SCÈNE XIII.

Les Mêmes, CHONCHETTE, *se jetant au milieu d'eux.*

CHONCHETTE.

Eh bien! vous, les autres, qu'est-ce qu'ils ont donc!

(19)

AUGUSTE, *à ses amis.*

Chonchette !... allons les amis, abas les armes.

LE VAILLANT.

C'est juste !.. On a vu quelquefois le d'eu Mars désarmé au pur aspect de la simple beauté... Ça n'était rien, nous parlions politique et ce goddem que v'là, s'est mêlé d' là conversation ; c'est que voyez-vous, j'ai ma politique, moi, et je ne veut pas que les Anglais s'en mêlent.

GALOCHE, *passant du côté de Le Vaillant et allant se mettre à table avec lui.*

C'est bon, v'là qu'est terminé ; bois un coup et tais-toi.

CHONCHETTE.

Oui, taisez-vous, et soyez toujours bon' amis.

AUGUSTE, *à Chonchette.*

Et bon ami avec vous... Pour ramener la gaîté, faut nous chanter qucuque chose, mamzelle Chonchette... tenez, la chanson... vous savez bien.

LE VAILLANT.

Ah ! oui, la celle que vous chantiez en plumant ce canard de l'autre jour, aux navets.

CHONCHETTE.

La chanson des cochers ? oui, oui !

CRIQUET, *avec humeur.*

Vous la faites toujours chanter, et son ouvrage n'est pas faite... j'ai besoin d'elle là-dedans.

GALOCHE.

Nous avons besoin d'elle ici, nous.

AUGUSTE, *repoussant Criquet et lui jetant son bonnet à terre.*

Allons, va-t-en, Criquet.

CRIQUET, *se rebiffant, Auguste lui impose silence.*

Dieu ! qu' c'est ostinant !

AUGUSTE, *se moquant de lui.*

Oui, c'est ostinant... et v'là tout ! (*Il va s'asseoir entre Galoche et Le Vaillant*)

CHONCHETTE.

Allons, la chanson des cochers, ça vous regarde... m'y v'là.

Air : *de M. Blanchard.*

Les cochers sont des bon' enfans,　　　 { Les cochers
Dans les beaux, dans les mauvais tems,　 { reprennent.
Assis dessus leur siège,
Chant'nt en r'cevant la neige :
Nous sons cochers, nous sons cochers,
　Nous sons faits pour marcær

Les cochers reprennent.
Nous sons cochers, nous sons cochers, etc.
CHONCHETTE.
Les cochers sont des bons grivois,   } *Idem.*
Fesant ben aller le bourgeois !
Quand on les prend à l'heure,
Sur la place ils demeurent.
Nous sons cochers, nous sons cochers,
    Nous sons faits pour marcher.
En Chœur.
Nous sons cochers, nous sons cochers, etc.
CHONCHETTE.
Les cochers sont récalcitrans,   } *Idem.*
Mais quand ça vient aux réglemens ;
Vont à la préfecture,
Avecque leur voiture !
Nous sons cochers, nous sons cochers,
    Nous sons faits pour marcher.
En Chœur.
Nous sons cochers, nous sons cochers, etc.

Sur la ritournelle Chonchette danse et les cochers l'accompagnent
en frappant sur leurs verres. John, échauffé par le vin et
animé par la danse, veut embrasser Chonchette.

JOHN.
Oh ! le bonn' gros petite !
AUGUSTE, *se plaçant entre Chonchette et lui.*
Uu moment, gros farceur !... dieux ! quel père chaud,
chaud qu' ça fait !... les étrangers n'embrassent pas ça...
c'est pour les Français !
CHONCHETTE.
Oui, pour les bons Français de Ménilmontant !
SAINT-JEAN.
Monsieur John, ne vous compromettez pas plus long-
temps avec ces gens-là, venez là-dedans jouer la consom-
mation au piquet.
JOHN.
Consommationne !... yes, yes, piquette !... consom-
mationne !
(*Les cochers bourgeois entrent dans un cabinet.*)

SCÈNE XIV.

LES MÊMES, hors SAINT-JEAN et JOHN.

CALOCHE.

Dis donc, Criquet ; est-ce que nous ne verrons pas le père
Suret, aujourd'hui ?

CRIQUET.

Y fait sa vendange , il ne rentrera qu'à ce soir.

AUGUSTE , *à part.*

Ça fait mon affaire. (*haut.*) Dites donc, les amis, je propose une proposition... mon cabriolet est dans la cour, (*à Galoche.*) ton fiacre est d'vant la porte, où c' que tes chevaux sont occupés à manger l'avoine ? (*à Le Vaillant*) toi, ton coucou n'a pas envie de s'envoler...

LE VAILLANT.

Y n'y a pas de danger : mon cheval est sur trois pieds, toujours un œil ouvert.

AUGUSTE.

Si nous allions queuqu' z' instans grappiller avec le père Suret ?

GALOCHE.

Les vignes ne sont pas éloignées d'ici ; adopté.

AUGUSTE , *bas à Le Vaillant.*

Emmène Criquet... tu m'entends.

LE VAILLANT.

Oui , toujours relatif à Chonchette.

AUGUSTE , *de même.*

Parle bas.

LE VAILLANT.

Ne crains donc rien ; est-ce que je n'ai pas aussi une particulière à la barrière du Combat ?

GALOCHE.

Allons, allons en route !

LE VAILLANT , *à Criquet.*

Marche devant nous, Criquet, pour nous montrer le plus court.

LES COCHERS EN CHŒUR.

Air : *des deux Valentins.*

Mes amis , mes amis,
Nous v'là réunis,
Allons tous , allons tous,
Voir fair' le vin doux !
   Francs lurons ,
   Nous l' boirons ;
   C'est ben avisé ,
Avant d'êtr' batisé.

LE VAILLANT,

D'aider les vignerons ,
D'emplir les bibrons,
Nous sommes tous bien dignes,

GALOCHE.
Joyeux sans-souci,
Sans sortir d'ici,
On peut êtr' dans les vignes.
EN CHŒUR.
Mes amis, mes amis, etc.
Ils sortent en faisant passer Criquet devant eux.

SCÈNE XV.

CHONCHETTE, AUGUSTE, *revenant sur ses pas.*

CHONCHETTE, *surprise*,

Tiens! vous revoilà, monsieur Auguste!

AUGUSTE.

Je n'ai pas été bien loin... Devinez ce qui me ramène?

CHONCHETTE.

Vous avez peut-être oublié votre fouet?

AUGUSTE,

Du tout.

CHONCHETTE.

Votre jument n'a peut-être pas d'avoine?

AUGUSTE,

Rosalie!... elle a déjeûné à c' matin... ce n'est pas pour elle... c'est pour vous que l'on revient.

CHONCHETTE.

Pour moi! c'est des bêtises : plus souvent, c'est jamais.

AUGUSTE.

Du tout; on marche franchement.... et si vous voulez m'écouter...

CHONCHETTE.

Vous voyez ben que je vous écoute.

AUGUSTE.

Mon intention est de m'établir auprès du Palais-Royal... j'ouvre un petit estaminet, je mets mon épouse dans le comptoir...

CHONCHETTE,

Ça serait gentil, au fait!

AUGUSTE.

Le jour, je suis à mon cabriolet, et le soir, à mon établissement... qu'est-ce que vous dites de ça?

CHONCHETTE.

Pourrais-je t'y me fier à vous?... c'est qu'on dit ben des choses sur vot' compte.

AUGUSTE.

Laissez jaser les langues !.... je fais mon état : clic, clac
et voici...

Air : *du chœur de Robin des bois.*

Cocher plein d'audace ;
Quand j'suis sur la place,
Rien ne m'embarrasse,
Si l'on m' fait marcher.
Sans êtr' trop robuste,
Partout, faut êtr' juste ;
Chacun sait qu'Auguste,
N' craint pas d' broncher.
Je quitt' les grisettes,
Je lâch' les fillettes ;
Et les amourettes
Retomb'nt à zéro.
Quel chagrin pour elles !
Puisque tout's les belles,
Mêm' les plus cruelles,
Connaiss'nt mon numéro.
Bientôt l' sentiment
  Galopant, *(bis)*
   Grisette
   Répette,
   Chonchette
  Est sa conquête ;
   Fillette
   Répette,
   Chonchette
Est sa conquête ; *(bis.)*
Comme il plait   *(bis.)*
L' cocher d' cabriolet.

CHONCHETTE.

Deuxième Couplet.

C'est vrai qu'une fille,
Qu'est à la Courtille,
A beau t'être gentille,
Ça ne la mène à rien,
Aulieur que la chose,
Qu'ici l'on me propose,
Peut d'venir la cause
Qu' j'amasserois du bien.
Pour mes accordailles,
J'attends quatr' futailles,
Qui y'nont par Versailles,
D' chez mon oncl' Bouleau.

Alors, si je m' donne
A certain' personne;
L'affair' peut êtr' bonne
En y mettant d' l'eau.
Bientôt le chaland,
Galopant, *(bis.)*
Répette;
Chonchette
Verse-nous chopinette;
On m' guette,
On m' fête,
Je verse chopinette, chopinette,
Comme ell' plait, *(bis.)*
Madam' l'estaminet.

ENSEMBLE.

<table>
<tr><td align="center">AUGUSTE.</td><td align="center">CHONCHETTE.</td></tr>
<tr><td>Bientôt l' sentiment
Galopant, (bis.) etc.</td><td>Bientôt le chaland
Galopant, (bis.) etc.</td></tr>
</table>

CHONCHETTE.

Il n'y a qu'une chose qui me tient.... C'est que je crois, sauf vot' avis , que je suis trop innocente pour aller demeurer par là.

AUGUSTE , *à part.*

Où diable va-t-elle chercher ça? (*haut*) Au contraire, raison de plus.

CHONCHETTE.

Eh bien !... je ne dis pas non , monsieur Auguste; j'voirons.

AUGUSTE , *à part.*

J'voirons.... Les quatre pièces de vin sont à moi.
(*Ici le temps se couvre, au fond, dans la campagne.*)

SCÈNE XVI.

Les mêmes, LE VAILLANT *arrive en courant; il est suivi* de GALOCHE *et de* CRIQUET.

LE VAILLANT.

Vite , vite , assez causé. V'là Criquet qui s'en revient avec le père Galoche; j'n'avons pas pu les retenir. (*Bas à Auguste.*) Comment vont les affaires ?

AUGUSTE, *bas.*

Tu seras de la noce.

CRIQUET *à Galoche.*

Dites donc, père Galoche, le temps se couvre joliment ; je crois que nous allons avoir du bouillon ; et le père Suret qui n'a pas voulu revenir avec nous.

GALOCHE.

S'il aime le consommé, ce brave homme.

LE VAILLANT, *remontant le théâtre.*

Ah! comme le tems est noir par là-bas. (*Le temps se couvre tout à fait ; la pluie tombe abondamment.*) Oh! les vendangeurs de Paris, comme ils se sauvent... V'là déjà d'l'eau dans le vin.... Hein! les vendangeuses vont avoir besoin de voitures.

AUGUSTE.

Dites donc, les autres, faut nous tenir, faut régler le cours.

CRIQUET *qui vient les écouter.*

Qu'est-ce qu'il y a?

LE VAILLANT, *bousculant Criquet.*

Veux-tu bien t'en aller.... Rien qu'des cochers ici.

AUGUSTE *mystérieusement.*

Nous ne marcherons pas à moins de six francs.

GALOCHE.

La pièce cinq francs, c'est assez.

LE VAILLANT.

Six francs.... regarde la pluie.... Ah! quel beau temps y fait.... ah! les pièces six francs comme elles tombent.

TOUS LES TROIS, *imitant le serment des Horaces.*

C'est dit : pas à moins de six francs !

SCÈNE XVII

Les mêmes, BOURGEOIS et BOURGEOISES *de Paris, sortant des vignes pour se réfugier dans le cabaret ; ils tiennent leurs mouchoirs sur leurs têtes, pour se garantir de la pluie.*

CHOEUR.

Aia : du Carillon.

PREMIÈRE ENTRÉE.

Il pleut! il pleut!
L'eau nous perce

Les Cochers.

4

Et nous traverse.
Il pleut ! il pleut !
Mes amis sauve qui peut !

DEUXIÈME ENTRÉE.

Il pleut ! il pleut ! etc.

GALOCHE.

Quel tems divin !
Rendons donc grâce à l'averse.
Verse
Et tout plein,
L'eau va nous fair' boir' du vin,

Reprise du Chœur.

Il pleut ! il pleut ! etc.

UN BOURGEOIS, *à Galoche.*

Cocher !

LA BOURGEOISE.

Cocher, voulez-vous marcher ?

GALOCHE, *indifféramment.*

Combien donnez-vous, la p'tite mère ?

LE BOURGEOIS.

Quarante sous.

GALOCHE *leur tournant le dos.*

Qnarante sous ?.... Je suis loué.

LE BOURGEOIS.

C'est une horreur !... Si je n'avais pas mon épouse...

LA BOURGEOISE, *à Auguste.*

Jeune homme, serez-vous plus raisonnable ?

AUGUSTE, *s'avançant.*

Dans quel quartier allez-vous ?

LA BOURGEOISE.

Aux Invalides.

AUGUSTE, *d'un air moqueur.*

Et vous donnez quarante sous ?... J'vas vous dire : c'est
que je suis du quartier Mont-Martre, ça m'éloignerait trop ;
voyez celui-là (*il désigne Le Vaillant*).

UN AUTRE BOURGEOIS.

Ils se donnent tous le mot, ces drôles-là.

GALOCHE.

Qu'est-ce qu'il a donc, M. Piffard ?

LE MÊME BOURGEOIS.

Insolent !

LE VAILLANT, *à la bourgeoise.*

Allons, petite dame, voyons un peu.... causons nous deux.... Vous dites que vous allez ?....

LA BOURGOISE.

Aux Invalides.

LE VAILLANT.

Vous paraissez de bonnes gens, l'homme et la femme, donnez-vous six francs ?.. et nous partons de suite ; *tirant l'homme à lui*) je prendrai en route un lapin. Allons, v'nez-vous ? (*Il secoue le bourgeois comme font les cochers de petites voitures.*)

LE BOURGEOIS, *après s'être débattu.*

Ah ! tu fais l'insolent !.... Eh bien ! je vais aller chercher la garde, et je te ferai marcher. (*Le Vaillant le menace ; le bourgeois indique Galoche.*) Toi.

L'AUTRE BOURGEOIS.

Il n'y a qu'à prendre leurs trois numéros.

AUGUSTE.

Oui, prenez nos trois numéros, ça vous fera un terne, s'ils sortent.

LES BOURGEOIS.

CHOEUR.

Air : *Au collet.*

Tu march'ras,   *(bis.)*
Car je vais }
Nous allons } au corps de garde ;
Tu verras,
Tu verras,
Si ça regarde
La garde !
Nous avons toujours raison,
Et vous pourriez tout de bon,
. Aller coucher en prison,

LE PREMIER BOURGEOIS, *à l'autre bourgeois, en sortant.*

Monsieur, je vous confie mon épouse.

SCÈNE XVIII.

Les mêmes, JUSTINE accourant avec un parapluie ouvert, ensuite SAINT-JEAN.

JUSTINE.

Ah! M. Saint-Jean, M. Saint-Jean.

SAINT-JEAN, *sortant du cabinet.*

Qu'est-ce qui m'appelle?

JUSTINE.

Ah! mon dieu, M. Saint-Jean, quand je vous le disais ce matin, que vous seriez bientôt sans place; milord vient d'avoir une scène affreuse avec madame, ils sont brouillés.... Madame dit que c'est notre faute; elle nous chasse tous.

SAINT-JEAN *stupéfait.*

Comment!

JUSTINE, *bas à l'oreille de Saint-Jean.*

Milord a trouvé le portrait en question.

SAINT-JEAN.

Ah! il y a long-temps que je prévoyais ça.

JUSTINE.

Madame pleure, se désole.

SAINT-JEAN.

Elle se désole.... Allons nous faire payer.

SCÈNE XIX.

Les mêmes, UN CAPORAL et deux soldats de la ligne. Les batteries de leurs fusils sont enveloppées de leurs mouchoirs. Le caporal doit être jeune.

LES TROIS COCHERS.

V'là la gárde... Oh! les capons d'bourgeois.

LE CAPORAL, *en entrant, laisse ses deux hommes pour garder la porte.*

Que personne ne sorte. (*Saint-Jean retourne à sa table et fait asseoir Justine qui tire un mouchoir pour essuyer ses larmes.*) Où y a-t-il du bruit?

LE BOURGEOIS *qui a amené la garde.*

Ce sont les trois cochers qui sont là.

LE CAPORAL.

Allons, au poste tous les trois, je ne connais que ça.

GALOCHE *se levant.*

Mon camarade, nous allons y aller, nous connaissons la consigne; mais il faut que les bourgeois viennent avec nous, parce que, voyez-vous ben, un bourgeois en nankin, qui se trouve surpris par une averse, avec sa femme en souliers de couleurs, et qui dit à un cocher : tu marcheras !... Le cocher qui n'est pas sur place, et qui doit jouir de sa liberté limitée, répond au bourgeois qu'il ne marchera pas... J'sais ben que vous m'direz : la pluie... mais la pluie, la pluie, je n'aime pas l'eau plus que vous..., la preuve... Buvez donc un coup, caporal. (*Il présente un verre de vin au caporal qui le refuse.*)

LE CAPORAL.

J' n'entends pas tout ça.

LE VAILLANT, *se levant, s'approche du caporal qu'il salue militairement.*

Caporal... avez-vous été à Marengo ? C'est là qu'il pleuvait joliment... J'étais dans la 35e demi-brigade.

LE CAPORAL.

Je vous dis que j'entends pas tout ça; quand on vient au poste pour nous chercher, nous ne pouvons que venir.

LE BOURGEOIS.

Allons, emmenez ces gens, caporal, vous n'avez pas de fermeté.

LE CAPORAL.

Comment je n'ai pas de fermeté.

LE VAILLANT, *au bourgeois.*

Qu'est-ce que c'est? qu'est-ce que c'est? Vous ne comprenez pas le caporal!.. On va le chercher, n'est-ce pas?... il commande ses deux hommes, l'caporal ; c'est son devoir. Qu'est-ce qui a quelque chose à dire au caporal? Est-ce que le civil doit insulter le militaire?.... Qu'un bourgeois dise donc quelque chose au caporal, il aura affaire à moi.

AUGUSTE, *de sa place.*

C'est ça.... Caporal, nous vous défendrons. (*montrant le*

bourgeois.) Et si monsieur avait un air..... N'ayez pas peur, caporal !

LA BOURGEOISE, *à son mari.*

Mon ami, ne te fais pas d'affaires, l'orage est passé ; il fait beau, nous pouvons nous en aller à pied.

LE BOURGEOIS.

Tu crois ?.... Eh bien, allons à pied.

GALOCHE , *les arrêtant.*

Du tout ; vous avez été chercher la garde pour me faire marcher pendant la pluie, la loi est pour vous, je suis dans mon tort ; le beau temps est revenu, j'en suis fâché ; je vais avancer mon fiacre et je vous conduis d'autorité,

LE BOURGEOIS.

Voilà qui est un peu fort ; donne-moi le bras, ma poule, et quittons ces gens-là.

GALOCHE.

Ah! sa poule !

LE BOURGEOIS , *s'en allant.*

Oui, ma poule.

GALOCHE.

Mouillée.

AUGUSTE.

Laissez-les donc partir ; nous pouvons charger mieux que ça.

LE VAILLANT, *d'un air câlin, au caporal.*

Vous voyez, caporal, qu'ils vous ont fait venir pour rien... C'est des Pékins,... Mais, voyez-vous, le bourgeois a ses droits, le cocher a ses droits , tous les hommes sont équivalents.

LE CAPORAL.

C'est égal, quand il pleut, vous êtes toujours insolens.

LE VAILLANT *tendant un verre de vin au caporal*

Allons. caporal, buvez un coup,... Nous sommes bon'enfans. (*Le caporal boit.*)

LES TROIS COCHERS.

A la santé du caporal ! (*Ils avalent leurs verres de vin.*)

LE CAPORAL.

Ne recommencez pas, au moins.

LE VAILLANT.

Au contraire , caporal.

LE CAPORAL *à ses deux hommes.*

Par le flanc droit et par file à droite : marche. (*Les soldats disparaissent.*)

AUGUSTE.

Mes amis, laissons aller le caporal et les bourgeois ; il s'agit d'autre chose.... Je vous invite à ma noce avec mam'zelle Chonchette.

TOUS.

Sa noce !

SAINT-JEAN *à Justine.*

Il est plus heureux que nous.

CRIQUET, *à part.*

Oui, ta noce, prends garde....

JUSTINE.

Comment, Chonchette, c'est vrai ; vous épousez M. Auguste.

CHONCHETTE, *riant bêtement.*

C'est lui qui dit ça. Hi! hi! hi!

AUGUSTE, *d'un air triomphant.*

Mes amis, je vous demande à tous votre pratique pour mon estaminet.

LE VAILLANT.

Ça va de droit.

SCÈNE XX.

Les mêmes, NICOLAS, *accourant.*

NICOLAS.

Mamzelle Chonchette! mamzelle Chonchette! vot' oncle Bouleau est arrivé avec sa charrette.

CHONCHETTE, *joyeusement.*

Ah! ah! m'apporte-t-il mes quatre fûts.

NICOLAS.

Bah! quatre fûts, sa voiture est pleine de tonneaux, c'est haut comme les buttes Saint-Chaumont.

AUGUSTE, *joyeux.*

(*A part.*) Quelle bonne affaire pour moi... (*haut, à Nicolas.*), et tout vin de Joigny, hein ?

NICOLAS.

Eh! non; c'est des tonneaux vides qu'il apporte à M. Suret pour ses vendanges.

AUGUSTE, *à part.*

Des tonneaux vides!... j'étais enfoncé! (*haut.*) Mamzelle Chonchette, c'est mal de tromper un jeune homme!...
Vous m'abusiez sur la dot.

CHONCHETTE, *surprise.*

Quoi donc qu'vous dites? puisque vous m'aimez.

AUGUSTE.

Je vous aime, je vous adore, même.... mais je ne vous
épouse plus.

CRIQUET, *tragiquement à Chonchette.*

Voyez, Chonchette, à quoi que vous vous exposez!

LE VAILLANT, *avec une dignité originale.*

Ah! c'est vilain, Auguste; non, ce n'est pas joli! un cocher de coucou ne ferait pas ça.

GALOCHE.

Ni un cocher de fiacre.

SAINT-JEAN, *à Justine.*

Ni un cocher bourgeois.

CHONCHETTE, *pleurant.*

Hein! hein! je suis si malheureuse?

AUGUSTE, *à part, à Le Vaillant.*

Elle n'est pas jolie quand elle pleure.

CRIQUET.

Consolez-vous, Chonchette, que les tonneaux soient
vides ou pleins, je vous aime toujours moi.

CHONCHETTE, *pleurant.*

Non, vous ne me pardonnerez pas, Criquet?

CRIQUET.

Si fait... Il voulait vous séduire, mais vous n'aimez que
moi, embrassons-nous.

CHONCHETTE, *sautant de joie.*

Ah! oui; ça y est, Criquet. (*Ils s'embrassent.*)

TOUS.

Bravo ! Vivent les vrais amans de Ménil-Montant !

NICOLAS , se réfugiant près de Galoche.

Ah ! hé ! ah ! hé ! il la gobe ! (*montrant Auguste.*) c'est une frime ; les tonneaux sont pleins ; c'était Criquet qui m'avait dit de dire cela.

GALOCHE.

Ah ! ce pauvre petit !.. c'est l'épreuve du sentiment !

CRIQUET, à tout le monde.

Vous étiez tous invités de sa noce... vous l'êtes à la mienne, et vous danserez...

SAINT-JEAN.

Oui , moi qui suis sans place , j'ai bien le cœur à la danse.

GALOCHE.

Ecoutez , cocher bourgeois ; mon maître a douze voitures sur la place, voulez-vous en mener une ?... la fierté n'est bonne à rien.

SAINT-JEAN.

Je suis pénétré de reconnaissance ; mais, comme j'ai mis du foin dans mes bottes , je puis encore attendre ; cependant, je retiens votre parole ; on ne sait pas ce qui peut arriver.

GALOCHE, tragiquement.

« Les carross' les plus beaux deviennent des fiacres comm' » nous. »

LE VAILLANT, de même.

« Et les cabriolets deviennent des coucous. »

AUGUSTE.

Ce n'est pas pour moi que tu dis ça..., puisque c'est lui qui l'épouse. (*il montre Criquet.*)

VAUDEVILLE.

Air : *du Pèlerin.*

GALOCHE.

Le v'là dans l' caross' de l'hymen,
La p'tit' mèr' lui f'ra fair' son chemin.

Les Cochers.   5

J' l'entends dir', comme un' chos' certaine,
C' n'est pas ma femme qui me mène :
Y m' semb' voir un cocher qui fait   { *Tout le monde*
    Claquer son fouet.   *reprend.*

SAINT-JEAN.

Voyez cet auteur en crédit ;
Que rarement on applaudit ;
Il dit partout, avec emphase,
J' suis l'écuyer du ch'val Pégase.
  C'est encore un cocher qui fait   { *bis en chœur.*
    Claquer son fouet.

AUGUSTE.

J' connais plus d'un malin cité,
Comme un héros d'humanité ;
Y n' donn' pas cent sous en cachette,
Sans le fair' mettr' dans la gazette !
  C'est encore un cocher qui fai...   { *bis en chœur.*
    Claquer son fouet.

CRIQUET.

Quand je vois certain fanfaron,
Avec la moustache et l'ép'ron,
Dir' qu'il a servi, qu'il est brave,
Moi qui l'ai caché dans ma cave...
  C'est encore un cocher qui fait   { *bis en chœur.*
    Claquer son fouet.

LE VAILLANT.

C't' élégant qui sing' Franconi,
Et puis c't' élèv' de Rossini ;
Et puis c't' écrivain romantique,
Tout ça sort de la mêm' boutique...
  C'est encor' des cochers qui fait   { *bis en chœur.*
    Claquer son fouet.

CHONCHETTE, *au Public.*

Les auteurs de c' petit tableau,
Le trouvent piquant et nouveau,
Et nous, messieurs, dans tous nos rôles,
Nous croyons vous paraître drôles.
  Vous voyez qué tout l' monde fait   { *bis en chœur.*
    Claquer son fouet.

FIN.